서정시학 시인선 |011|

차가운
식사

박홍점 시집

서정시학

서정시학 시인선 |011|
차가운 식사

펴낸날 / 2006년 12월 21일

지은이 / 박홍점
펴낸이 / 김구슬
펴낸곳 / 서정시학

주소 / 서울시 성북구 동선동 1가 48 백옥빌딩 6층
전화 / 02-928-7016
팩스 / 02-922-7017
이메일 / poemq@dreamwiz.com
출판등록 / 209-07-99337

ISBN 89-957914-04-8

차가운 식사

첫 시집을 낸다
바코드가 있는,
굼벵이도 뒹구는 재주가 있다고
그래서 신은 공평하다고
바늘귀만한 내 열정을 칭찬해주던 사람은
기다리다 기다리다가
가고,
첫 장은 풀도 없는 무덤에 놓아두어야겠다
늘 피로했으므로
행여 뒤척이는 밤이 있을지는 모르겠다
꿈이 꿈으로 제 주인을 압사시킬 수도 있다는 것을 처
음 알았다
체온을 잃지 않을 만큼만 꿈꿀 것이다

목차

2부

3부

9

4부

1부

치자꽃향기

작년 여름에는
아기 주먹만한 꽃 툭툭 불거져
집안을 채우던 향기
연초에 투가리 같은 아내를 먼저 보내고
하루하루를 치자나무에 걸어두는 노인
살뜰한 남편은 아니었지만
그래도 집요한 눈길 뿌리치지 못했는지
천길 달려와
해거리 하려다 그만두고 딱 한 송이
한평생 무능력을 원망하며
돌아앉아
저 왠수 죽지도 않는다고 푸념하더니
마주보고 앉아 무슨 얘기 나누는 걸까
꽃도 노인도 오금 저리는 오후

보검선인장의 가시

납작납작한 얼굴과 얼굴이 맞붙어
마디가 되고
한 울타리 속
수많은 얼굴들

물기를 기다리다 기다리다가
손이 발이 표정이 오무라졌네

가시 돋친 얼굴은 제 나름의 보여주기 방식
살아남기 방식
애써 딴전을 피우거나 가능한 먼 곳으로 길을 내려 하고
나도 아프다 한다

그리하여
푸르디 푸른 한 사람이 가고
선인장 가시 같은 눈빛만 도처에 남아 있다
닿는 것마다 물 흐르고
레이스 꽃잎이 걸린다 찢어진다

빛이 다져 놓은 반질반질한 길 같은 얼굴의 여자와
민머리칼 아이가
가시와 가시 사이에서 나란하다
일상이라는 듯 웃고 있다

폭풍이 지나간 자리
거꾸로 박힌 못대가리들

뿌리가 얕다
푸슬푸슬 쥐고 있던 것들이 쏟아져 내린다

벚꽃이 필 때

죽죽 흘러내리던 쇳물이 무늬가 되었다
제멋대로
휘어지거나 휘돌아
위층과 아래층이 멀지 않다

혼자 사는 노인이나 노부부,
마흔이나 쉰이 넘어도 떠나보낼 수 없는
한숨 주머니 같은 목록들을 껴안고

봄이면 꽃들이 차양을 만들어 주는 벚나무가 호위병
같다

지난 밤 세상의 모든 바람은 이곳을 향해 불었던가
온통 꽃길이다
바닥에 누운 채로 며칠 더 머물다가는 꽃잎을 밟으며
시장엘 가고 노인정엘 가고
낡은 아파트는 꽃의 축제로 출렁인다

하루 세끼 밥을 먹고
헐거워진 옷가지를 주무르는 일 외엔 그다지 할 일이
없는 그들
오늘은 그 일마저도 건성이다
누구더라, 누가 빠졌지?
부음을 전하듯 낡은 수첩을 뒤적인다
누군가 자꾸 부르는 것만 같아 혼자 있지 못하고
꽃그늘로 소풍 나온 사람들

모두가 하나 되는 어느 봄날의 상여굿

철쭉

꽃이 시들었다
촘촘히 피어 겨우내 계절을 잊게 하던 철쭉이
완전히 시들었다

시든 꽃잎은 상처 위 딱지처럼 붙어 있다가
화분을 옮길 때마다,
지나가다가 건드리기만 해도
우수수 떨어진다
그때마다 비질을 하시는 어머니

가지가 무겁도록 연분홍꽃으로 환하던 시간
금세 잊어버리고
하루하루가 성가시다
시든 꽃이 참 오래도 가는구나
빗자루 내려놓고 어머니가 가지를 툭툭 친다
한꺼번에 떨어져 내리는 꽃잎들
다시 쓸어내고
풀기 없는 손을 턴다

젓가락

사각으로 모서리가 있는 아버지의 젓가락은 유난히 길고 무거웠다 긴 젓가락 끝이 조이고 풀고 휘젓는 공구 같았다 등을 돌리고 서서 아버지의 젓가락으로 풀린 냄비의 나사를 조이기도 했다 집을 떠나지 않는 한 아버지는 다른 젓가락은 쓰지 않았다 어머니는 몇 번쯤 그 젓가락을 내동댕이쳤을까 말다툼이라도 하신 날은 더 길어지고 날카로워지던 젓가락, 그럴 때면 아버지와 겸상을 해서 밥을 먹을 때도 고개를 들지 못했다 국에 밥을 말아 밥을 꾸역꾸역 퍼 넣기만 했다 수저통 속 여러 벌의 수저들 사이에서도 제일 먼저 눈에 들어오고 제일 먼저 나가고 제일 먼저 놓이고 제일 먼저 닦였다 어찌 보면 치켜 뜬 아버지의 눈길 같기도 하고 꼿꼿하게 힘이 들어간 채 걷는 뒷모습 같기도 했다 이따금 아무도 모르게 젓가락을 향해 눈을 흘겼다 영원히 모서리가 닳지 않을 것 같던 아버지의 젓가락, 더러는 조준에 실패한 선수처럼 아버지도 집어 올리다가 떨어뜨리고 드는 것조차도 힘들어 고개 내젓더니 이제 수저통 속에 갇혀있다 갇혀서도 여전히 길고 무겁게

수세미외

잘 익은 수세미외를 물에 담근다
과육은 흐물흐물 녹아내리고
촘촘한 그물의 섬유질만 남는다

이제부터 시작이다
길게 자라던 욕망보다
꽃이었던 한 시절보다
살이 빠져나간 뼈의 삶이 길리라
한 사람의 이름이 무덤으로 남아
몇 겹의 세월을 살 듯
한없이 가벼워져 부드러워져
구석구석을 닦는다
살모사의 배때기 같은 칼날을 쓱쓱 문지르고
제멋대로 뒹구는 것들을 정돈한다
오래된 얼룩을 지운다

그리하여 하루하루 낡아가는,
앙상한 뼈들이 오가는 곳마다

광채를 발하는

상처 없이 살아가는 눈부신 것들

동굴

1

〈존 말코비치 되기〉라는 영화를 본적이 있다
동굴을 통과하는 15분 동안
여자는 남자가
남자는 여자가
노인은 젊은이가 되기도 하는

2

등꽃마을 216동 측면과 217동 후면 사이
여름 장마 끝나고 버섯 피어나던 곳

의자가 축 늘어진 어깨들을 품고
잠시 쉬었다 가는
오래 앉았다 가는

노인이 솜사탕 같은 수염을 달고
두 손으로 지팡이 감싸고 앉아 있다

눈은 먼데 허공에 두고
기억 속 풍경들 넘기고 있다
손가락 끝이 반질반질하다

3

그림자마저 데리고 와서 그늘 더욱 짙어졌다
세라복 입은 계집애의 등이 둥글게 굽어져서 귓바퀴를
닮았다
귀 두 개를 마주보게 놓으면 무엇이 될까
한 사람이 한 사람을 통과하는 둥근 시간이다
고개 숙인 생머리카락이 무릎 위 얼굴 하나 감싸고 있다
여드름 돋아나는 사내애의 뺨을 간질이고
입에서 멀지 않은,
소리들이 반질반질 길 내어놓은 구멍 속 들여다보고
있다

머리카락
– 할머니는 머리카락이나 손톱 발톱을 무슨 의식처럼
신문지에 꼭꼭 싸서 처리하시곤 했다

자꾸만 머리카락이 빠진다
나도 모르는 사이 빠져나와 바닥을 흘러다닌다
바닥에 붙어 잘 쓸리지도 않고
머리를 감고 나면 고여 있던 생각 같은 그것들이
빗살에 뭉텅 엉겨 나온다
집안 구석구석을
금방 날아갈 수다처럼 흘러다니고
내가 흘린 머리카락을 다른 사람이 밟고 지나간다
다른 사람이 흘린 머리카락을 내가 밟고 지나간다
그와 나의 머리카락이 한데 엉겨 빗자루 끝에 모인다
책갈피 속에 서표처럼 꽂혀 한 가닥이었다가 두 가닥
이었다가
책속의 말들을 온통 헝클어 놓기도 한다
흰 밥 속에 소리 없이 떨어져 얼룩을 만들고
누가 내 머리카락을 변기에 넣고 물을 내린다
가래나 기침, 씁쓸한 타액 같은 그것들이
소용돌이 속으로 빠져든다
자박자박 걷던 아이의 목구멍에서

의사가 검고 긴 머리카락을 끄집어내어 눈앞에 들이민다
이미 오래전에 죽었으나 질기디 질긴
흘러 다니는 것들

아침이 멀다

손을 씻고 물을 잠그지 않거나
거품 섞인 소변을 내리지 않는다
친구한테 전화가 오면 무슨 아파트라 하던데?
얼마나 많은 아파트가 있는데,
목련주공 한진현대 삼환 우성 정든마을 샛별마을……
아버지와 나의 스무고개가 이어진다

남은 시간을 예감했는지 머릿속 기억의 부품 하나 빼
놓으시고
　머리는 있는데 꼬리가 없는
　몸통은 있는데 다리가 없는
　기형의 시간을 꺼내 놓는다
　때로는 난감한 듯 때로는 부끄러운 듯
　빠진 기억들 맞춰보지만
　누군가 개입하지 않으면 조각나버리는 시간들

　그냥 두고 가기엔
　소중한 것들이 안타까운 것들이 너무 많아서일까

행여 발목 잡힐까봐 겁이 났을까
텅텅 비우고
새로 담아야 할 무엇이 있다는 듯
자꾸만 차오르는 기억을 퍼내느라 돌아선 이마에 진땀
흐른다

그러한 아버지,
껍질 벗겨놓은 개구리처럼 말라 마지막 한 방울까지
흘려보내고 말겠다고 구멍이란 구멍에 줄 끼우고 있다
중환자실 침대에 누워 손가락을 까닥여 나를 부른다 어
디에 감춰두었는지 한 번도 내색 않던, 끝내 부르지 못한
이름 대신 모서리가 닳았을 숫자 몇 개를 내 손바닥 위에
안간힘으로 흘린다

아침이 멀다

동백꽃이 부르다

초경을 시작한 아이들이 귓속말을 하며 수줍게 웃는다 아직 필까 말까 망설이던 꽃봉오리가 별안간 헐떡이며 터진다 일제히 터지지 않고 옆에서 옆으로 위에서 아래로 아래에서 위로, 저희끼리 소리를 주고받는다 수많은 아이들이 문을 열고 뛰쳐나온다 꽃이 피려고 또 밤이 온다

그녀를 부른다 그녀와 나는 내장에 이것저것 집어넣듯 순대를 먹고 밥을 먹고 국을 먹고 마지막으로 붉은 꽃을 나누어 먹고 꽃 속 햇살을 바람을 아직도 물 뚝뚝 듣는 샘을 마시고 소곤대다가, 그녀는 돌아가고 나는 꼭 해야 할 말을 잊은 것 같아 뭐였더라, 뭐였더라 뒤적거리며 내내 서성이는데, 이제 막 잠에서 깨어난 아가처럼 생긋 웃는 동백 한 그루, 사람이 꽃을 부르고 꽃이 꽃을 부르고 꽃이 또 사람을 부른다 아주 먼 곳에서 옷자락을 끌며 다시 그녀가 그가 그이가 온다

개가 보다

노인은 아직 경계에 있는 걸까
노인을 묻고 돌아온 아들은
남아있는 노인의 흔적들을 상자에 담았다
초저녁부터 개가 짖어댔다
개 짖는 소리,
잠깐
잠깐
외등을 켜고
어둠은 밀려갔다가 황급히 되돌아왔다
그러기를 몇 번,
개는 비닐하우스 한 켠 상자 안에서
이제야 가득 차올라 넉넉한
계절마다의 노인을 향해 밤새 짖었던 거다
속바지 주머니에 넣어둔 금반지를 찾고 있었을까
여벌의 옷 한 벌 챙기고 있었을까
빙판 위에서 발을 헛딛듯 얼떨결에 마감되어버린 生을
자꾸 뒤적이나보다
애비가 누구인지 모른 채 꺽정이처럼 자라

애아빠가 되어버린 아들의 이마를 한 번 더 짚어주려
는 걸까

어쩌면 애비 이름 석자를 새기듯 적어

푸른 두루마기 안쪽 주머니에 넣어두었을 것이다

수십 번 우물거렸을 이름이 중얼거림으로 들리는 것만
같다

개는 빠르다 밝다

펄럭이는 모든 영혼은 낯설다

여백

1

이제 좀 쉬어 가라고
꽃그늘에 앉아 가쁜 숨 주저앉히고
지나는 바람한테 객쩍은 농담이라도 건네 보라고

흰 머리카락 돋는다

툭툭 털기만 했던 묵은 속내도 한 번 헤집어 보라고
그래도 보이지 않는 곳은
눈 밝은 너에게 보아 달라고
슬쩍 내밀어 보라고

흰 머리카락 돋는다

눈 어두워지기 전에
나를 들여다보게 하는 것이다
이제 더 이상 빛바랜 추억을 들고
이름을 물어물어

기억의 강을 거슬러오를 사람은 없다
새 옷 한 벌을 옷장 안에 걸어놓고
잠 못 들었던 밤들은 오지 않을 것이다
지나간 날들의 일기를 애써 지우다가 혼자 웃는다

2
그리하여
하루 종일 화투짝만 만지작거려도
부른 배를 안고 낮잠을 자도
미안해하지 말라고
한 무더기 구름을
노파의 머리 위에 화관처럼 얹어 두었던 것이다

가장 눈부신 날

　맞은 편 아파트 입구 위에 여자가 모로 누워 있다 몇 겹의 어둠 안에 갇혀 있었을 그녀를 사월 햇살이 불러내어 그녀 겨드랑이 사이로 파고든다 서로 먼저 보겠다고 아우성치는 빛의 줄기들, 귓속까지 들여다본다 이따금 벽 너머에서 새어나오던 웃음소리 같은, 이웃집 창문을 넘나들었을 봄바람이 살짝 그녀의 한쪽 둔부를 핥고 지나간다 그녀가 눈사람처럼 녹고 있다 바닥이 흥건하다

　한 발 떼면 이토록 환한 바깥인데 깊게 드리워졌을 백년, 천 년의 시간, 수평의 한낮을 가르는 사이렌 소리에 그녀를 향한 눈들 창문마다 매달린다 발뒤꿈치를 들어 키를 늘린다 첫 무대 위 모노드라마 주인공처럼 가장 눈부신 날이다 주변의 웅성거림 따윈 아랑곳없이 제 역할에 빠져 축축하다 새로운 시작을 알리는 팡파르 같은 기립박수 같은, 봄날의 모든 꽃바람이 그녀에게로 분다

취미의 유전

할머니 눈으로 입으로 귀로 칡뿌리 얽혀들어
내 머리 속은 온통 아수라장이었다
한참 동안이나 잠들기가 두려웠다

한 이십년 전부터였다
메슥거리고 토하고,
밥을 먹고 잠을 자는 일처럼 두통이 반복되었다

집안 어른들은 유독 내가 할머니를 닮았다 했다

할머니는 나를 향해
그렇게 간헐적으로 SOS를 보내고
나는 진통제 한두 알을 늘 주머니 속에 넣고 다니며
까닭을 몰라 그녀와의 교신을 뚝뚝 끊어버렸다

이제 할머니는 훌훌 한 줌 가루가 되어
시립공원묘지에서
고통도 그리울 때가 있다고, 아픈 척 흉내 내면서

장난처럼 나에게 뚜뚜 교신을 보내는지
희미하게 또 머리가 아프다

한 번 얼굴 본 적 없지만
한 올 머리카락도 흘러내리지 않았다는
쪽진 머리를 언뜻언뜻 본다
여섯 남매를 데리고 홀로
논 판 돈을 시렁 위에 올려두고
곶감처럼 착착 빼먹기만 했다는,
유령은 눈물을 흘리지 않는다는구나
언제나 나직나직한 목소리를
사이, 사이에 듣는다

겨울 거리에서 꽃이 되다

수레 위에 크고 작은 나비들
줄 세워 놓고
하나씩 집어 색을 칠한다
흰 나비 노랑 나비가 아닌 점박이 나비들
지상엔 없고 그의 상상 속에서만 살던 나비가
그의 손끝에서 태어난다 날개를 단다
누군가의 머리 위에 앉았다가
겨울 거리를 눈송이처럼 날아다닌다
지하 카페를 노래방을
어둠 속에서 더 선명한 나비의 날갯짓
그가 웃는다
건네준 나비가 저만치 날아가는 것을 보고
그가 잃어버린 것은 매만지고 있는 것은
나비를 따라가던 어린 딸애가 아닌
나비처럼 홀쩍 날아가 버린
나비 핀을 고르던 한 순간이 아니었을지
나도 나비를 고른다
누가 그랬던가

이제 꽃이 지고 있다고
누가 그랬던가
그때 짐짓 꽃은 졌다고 되받아치며
나는 웃었었다
그러나 아직도 내 머리 위에 나비가 앉는다

2부

소란한 밤

문을 잠그고 잠자리에 드는 날들이 많아졌다
(잠든 사이
누군가 눈을 크게 뜨고 나를 내려다보고 있다면?)

나보다 늦게 잠드는 눈들이
둘
넷

아니
무수히 많이

밤을 가로지르며
내 심장 위를 걸어 다니는
저 발자국 소리

낮에 꽃집에서 사 온 진딧물 죽이는 약은
밤이 되자
안방 화장대 아래

어둠 짙은 곳으로 옮겨 앉았다

새벽이 오도록 불 꺼지지 않는 방에서는
그늘진 곳
검은 어둠들이 우우 뽑혀나가고
책상 위에는 손톱깎이나 면도날 족집게 같은
숨김없이 빛나는 것들

나는 죽은 듯 고요하다

차가운 식사

시간에 구멍을 내던 숟가락들
나를 세워두고 저희끼리 달그락거리더니만
비로소 잠잠해졌다

식욕이 없을 때는 딱 한 가지 대상만 생각하기로 한다

와글와글 빛나던 발자국들 돌아가고 지금쯤 텅 비어
있을 거야
별안간 허기가 밀려든다

정수기에서 폐수가 졸졸 흘러나오고,
흘러들어 가고
물방울은 위에서 아래로 떨어질 때만 소리가 난다
가능한 멀리 수통을 놓는다

물방울 떨어지는 소리가 꽉 들어찬 정적에 구멍을 낸다

한 가지 대상을 환기하며

게으른 손가락을 들어 올려 버튼을 누른다
이상하게 문을 여는 순간
멸치가 새우가 콩나물이 마구 딸려 나온다
도막 난 생선 한 도막 자리를 옮겨 앉는다

비워지고
채워지고

말로 찌르는 사람은 이제 만나지 않기로 한다
주머니칼이 생살에 구멍을 내고
상처는 언제나 처음인 것

덩그러니 가로등처럼 식탁에 앉아
캄캄한 어둠 속 구멍을 낸다

뱀탕이 끓고 있는 밤

일요일

벚나무 아래 버찌의 선혈이 낭자하다 비닐봉지 속 또
록또록한 눈알들, 가지를 잡아당겼다가 놓자 여자의 속
살이 출렁 제 자리로 되돌아간다 열매에 매달린 서른 개
손가락을 보며 땅 속 뿌리를 상상한다 지금 이 순간에도
끊임없이 빨아대고 있을 것이다 보이지 않는 손과 입, 별
안간 열매가 나무와 여자를 밀착시킨다

포도덩굴이 귀를 열고 기어가던 울타리의 문은 닫혀있
고 외발로 킥보드를 굴리던 원피스의 여자 아이가 키 작
은 자귀나무 이파리 한 장을 딴다 양날의 빗살로 살랑거
리는 바람의 머리를 빗긴다 분홍 노랑 연두, 색색의 구름
들 놀러와 멀리서도 아이들을 부른다 누군가 꽃이 지고
도 푸르지 못한 산수유나무의 이름을 묻는다

지상에 내려와 딱딱해진 구름은 이제 이름을 바꾸었다
구름의자가 되었다 운동 나온 구름 한 마리 기대어 오줌
을 눈다 뻥튀기를 팔던 구름이 한 무더기 구름을 불러모
은다 한 쌍의 구름이 다가와 구름의자를 통통 두드려보

고 만져보고 한참 동안이나 기웃거리다 간다

분홍 투피스를 입었던가 둥둥 떠다니던 때가 있었다
하이힐을 벗어 땅땅 두드리면 허공에 무수한 못이 박히
던, 너울너울 초록을 걸어두던 마임의 날들, 나는 문득
심심해져 구름의 집으로 들어간다

풍경이 풍경을 불러들인다 텅 빈 구멍이 풍경으로 꽉
찬다

무슨 이유로 태양은 줄곧 태양이어야 할까?[*]

꽉 그러쥐고
무릎 꿇어 걸레질을 하다가
아직 체온이 미지근하게 남아있을 걸레를
발로 툭툭 차고 다니다가
전화를 받으면서 발바닥으로 끌고 다니다가
열탕에 표백제까지 넣어 땀 흘리며 푹푹 삶다가

거품 물고 끓고 있는 걸레를 물끄러미 바라본다
새롭게 정의한다

번쩍이는 대리석 위 물기를 닦아주는 것
바람이 불 때마다
허공을 휘젓는 무성한 나무 이파리들
타일과 타일 사이
물때 낀 홈을 지나가는 수많은 물방울들
올려다보는 눈빛을 먼 곳에서 들여다보고 있는
공활한 가을 하늘을
제멋대로 뒹구는 것들을 정돈하는,

오후 세시에서 네시 씽씽 에어컨 바람을
바흐의 브란덴부르크 협주곡 제5번 D장조를
차마 제 손으로 놓을 수 없었던 것들을
한꺼번에 삼켜버린 거대한 불길을
시효가 지나버린 너의 입 다문 대답을
그리고
오래 앓던 한 사람이 죽었다

* 니카노르 파라의 詩「이름 변경」에서 차용

풀의 공법으로

맥없이 키만 자란 풀이 흔들린다
아무것도 감고 오르지 못해 사소한 바람에도 휘청거린다
처음엔 이파리만 흔들리다가 나중엔 줄기까지 흔들린다
흔들림에 취한 듯 온몸이 흔들린다
흔들리지 않으려고 용쓰지 않고 물 흐르듯 흔들린다
풀은 흔들리다가 흔들리다가 꽃이 핀다
꽃이 필 때면 풍선처럼 가벼워져 더욱더 흔들린다
풀은 저희끼리 몸 부비면서도 순간, 순간 흔들린다
때로는 제 몸이 흔들리는 줄도 모르고 흔들린다
흔들릴 때마다 깊은 곳에서 굵어지는 것이 있다
단단해지는 것이 있다
불끈 쥐고 버티는 갈퀴 같은 손이 자라고 있다
자라고 또 자라도
풀은 흔들리는 힘으로 끝까지 나무가 되지 않는다
어떠한 폭풍우에도 우드득 부러지지 않는다
뿌리 뽑히지 않는다
풀은 버석버석 말라서도 선 채로 흔들린다
죽지 않았다고 끝까지 서걱거린다

꿈을 빌려드리지요

사내 둘이 천장 귀퉁이를 뜯고 있다
창을 갈아주겠다고 한 번 온 적 있었던가

두두두 둑
쥐들이 쫓겨다닌다
연탄집게 같은 날카로움이 쥐들을 겨냥한다
연신 겨냥한다
우르르 탕탕

나는 기다린다
집게를 물고 있는 단단한 살을
쇠를 뜨겁게 적시고 있는 피를

지금 이 시간에도 기다림은 어김없이 나를 배반하고
다급해진 쥐들이 합체라도 했나보다
천장은 이제 고요해졌다
살찐 중돼지 한 마리가 방 한가운데를 울리며 떨어진다

뛰어다니는 움직임이 분명 쥐였는데
찍찍거리는 소리 확연했는데
막다른 골목에서 돼지로 변신한 걸까

방안에 사람들이 모여 웅성거린다
별일이라는 듯
말없는 가운데 눈빛을 주고 받는다

승진을 축하드립니다 몇 해 전에 배달되었던 난 화분은
올봄에도 전혀 기미가 없고
새 단장이 끝난 지하 슈퍼에서는
경품 이벤트 중이라고 연일 꽝꽝거린다

문 좀 열어주세요!

그런데요, 물어볼 게 있는 데요,
꿈에도 유효기간이 있을까요?

얼룩

언젠가 위층 여자가 물었었다 무슨 일을 하느냐고
저- 어 그-냥-
어색하게 웃고 말았었다

이른 아침
말쑥하게 차려 입고 출근하는 그녀를
엘리베이터 안에서 또 만났다
그녀는 거울 앞에서 손가락에 걸린 자동차 열쇠를 달
랑이면서
머리칼을 귀에 꽂았다 뺐다 한다
내 손에는 음식물 쓰레기통이 들려 있었다

갑자기 내 안의 수많은 얼룩이 새어 나왔다
흐르지 못하고 쌓여 있던 것들이
지독한 냄새를 피웠다
냄새에 걸려 넘어졌고 무릎이 깨졌다
배어 나오는 피,

한 번 만들어진 얼룩은 쉽게 표백되지 않는다
지우려 할수록 오히려 선명해진다
눈빛이 얼룩에 와 멎는다
이제는 꼼짝할 수가 없다
등줄기에 식은땀이 흐르고 별안간 말더듬이가 된다
우연한 곳에서 느닷없이 때때로
여밀 수 없이 펼쳐지고 마는 나,

내가 나를 두 팔로 끌어안는다
얼룩이 바람처럼 잠시 나를 통과해 가고
나는 또 수많은 얼룩의 바탕이 된다

봄은 전화선을 타고 온다

죽은 것들조차도 부산해져서
막무가내로 밀고 나오는 손톱들 머리카락들
눌러대는 손가락들
하루 종일 전화벨이 마디를 늘려가며 울린다
새롭게 시작해보겠다고 손 내밀어 잡아끄는, 빛나는
눈동자들
그들은 나를 물관으로
꽃 한 송이 피워보겠다고 안달이다
너한테 흘려줄 한 줌의 물방울도 없어,
건초 같은 머리칼, 주름살을 들이민다
집에 머무를 수가 없다
공원 벤치에 앉아 근심 어린 손금을 들여다본다
이곳은 안전지대인가 묻고 대답하다가

.

그냥 걸었어……

.

햇살이 좋아서……

.

살아 있구나……

우울증 보이는 어둠에 잠겨 있는 나를 내가
불러내고 만 것이다

봄은 아슬아슬하다

불면증치료법,벙어리삼룡이
이에는이눈에는눈,인육을먹는여자

고맙다는 말도 미안하다는 이야기도
한없이 뒤척이게 할 때가 있다
어제가 가지 않는다
어제를 들어 올릴 수 없다
가늠할 수조차 없는 천만근 바위산이 내리누르고
자다가 일어난다 자려고 애쓰다가 일어난다

믹서기에 컵을 똑딱 밀어넣는다
양쪽 걸쇠를 단단히 고정한다
(왜 하필 믹서기가 떠올랐을까
그것은 내 안에 숨겨진 악성이다)

그의, 그녀의 눈알이나 입은 언제나 내 주머니 속에 있
었다

꼿꼿하게 힘이 들어간 눈알을 넣고
믹서 버튼을 누른다… 열… 스물… 서른을 센다
눈알이 믹서기 안에서 빙글빙글 돌 뿐 갈리지 않는다

그러고 보니 눈알은 알곡이다 이번에는 분쇄 버튼을
누른다
 열, 스물, 서른을 센다
 다시 삐죽이는 입을 넣고 믹서 버튼을 누르고
 잘려지고 빻아진 눈알과 입이 빙글빙글 섞인다
 물을 넣고,
 또 믹서 버튼을 누르고
 숟가락 끝에 소금을 묻혀 휘휘 젓는다,
 두 눈 질끈 감고 마신다
 옷소매로 젖은 입가를 훔치며
 등 뒤 아무렇지도 않게 푸른 새벽은 온다
 손톱 발톱이 머리카락처럼 무성해지리라
 창문 열고 새벽 공기를 마신다

입구

울음소리에 잠이 깼다
칭얼대는 젖먹이 아기인가?
놀라 잠에서 깬 아이의 투정같기도 했다

발정 난 고양이 울음소리
새벽녘 늦게 빠져든 단잠을 찌른다
그들의 구애는 뜨겁다 못해
물고 뜯고 할퀴는 중이다
연이어 혹은 한꺼번에 우는 소리

고요가 찢어지고 어둠이 찢어지고
파르라니 소름 돋는다
나는 눈도 미처 뜨지 못하고 빨려들어간다
머릿속에 불 들어온다
누구를 그토록 간절하게 불러본 적 있는가
산천초목 깨워 불 켜게 한 적 있는가
구부러진 골목마다 헤집어본다
끊어진 거미줄 하나 잡히지 않고 빈손이 덜렁거린다

온몸으로 울면서 울부짖으면서
덩달아 뜨겁게 온몸 달아오르게 하는
돌아보게 하는
찌푸리게 하는
그들은 보이지 않는다
아무리 눈 크게 뜨고 두리번거려도
소리만 확대될 뿐 보이지는 않고
귀 밝은, 어둠 속에서 더 눈 밝은 새 생명이
끈질긴 또 하나의 野性이 불붙고 있다
귀 막아도 눈 감아도
와글와글 찔러대는 울음소리 멈추지 않는 밤이다

나를 데려오지 못하고

살다 온 집의 벨을 누른다
오랫동안 나를 이끌던 안의 소리를 밖에서 듣는다
때로는 웃옷의 단추를 채우며
슬리퍼를 채 꿰지도 못하고
눈이 휘둥그래져 혀를 빼물기도 했으리라

집안의 내가 집 밖의 나에게 아득하게 누구냐고 묻는다
나를 의심한다
밖의 나는 안의 내가 낯설다
그럼에도 시침 떼고 벨을 누른다
오래 산 남편이나 아내 같은 벨소리 다시 듣는다
너에게 내가 그런 사람이었을까?
너는 안에서 염탐할 뿐 문은 열지 않았다

내 지문이 수없이 묻었을 번호판 위에 눈이 멎는다
이제는 내 것이 아닌 너
한때는 은밀한 약속이었던 네가 내 앞에 가로 놓인다
완강하게 민다

어쩌다 너를 향해 퍼내기만 했을까
바닥엔 벌써 뺨 안을 넘칠 만큼의 소식이 가지런하고
각종 계량기 검침표는 칸칸이 비어있다
떠났음에도 여전히 배달되는 우편물들
기다렸다는 듯 새 옷을 갈아입은 통로와 벽들
어느새 치렁치렁 무성한 잎들 길을 좁히고
그 무엇도 나를 알아보지 못해
놀이터 벤치에 앉아 뒤늦은 소식을 뜯는다

예감

한때 나는 숲이었다

아~ 아~
해 보세요
저 여자들의 입에 립스틱처럼
강력 본드를 발라주고 싶다

어김없이 둘씩 짝을 지어
채 익지도 않은 나락들이 까지고 있다
바닥에 껍질이 수북하다

1001번 광역버스를 전세 내었나?
좌석의 3분의 2가 일행들이다
아닌 게 아니라 이사 간 친구 집들이에 갔다 오는 중이
란다

저 소리들 모아 성전 하나 거뜬히 지을 수 있을 것이다
까진 나락으로 인부들의 배가 불러올 것이다

식충이들 안내방송을 족족 씹지도 않고 삼켜버린다
흥망성쇠는 식은 죽 먹기다

부은 발들이 돌아 올 시간이다

나는 총포사에 들른다
사냥이 유일한 취미라는 총포사 주인은 내 폼을 칭찬
한다
근사하다는 말 속에는
수많은 겨냥의 시간들을 끄덕이는 표정이 있다

내 안의 새들이 모두 날아갔다

씨눈

옥수수 씨눈으로 기름을 짰다구?
눈에서 나온 액체라?
그럼 눈물인가?
눈물로 계란을 부쳐 먹고
눈물에 고구마를 튀긴다
눈물은 뜨겁다
살아 있는 것들의 숨통을 단시간에 조인다
단단하고 질긴 것들을
바삭하고 맛있게 금세 익힌다

뜨거운 눈물이 튄다
눈물에 데인다
눈물은 더 이상 눈물이 아니다
찔러대는 아픔이다
한시 바삐 벗어나고 싶은 불이다
어느새 헤집고 들어와 짓누르는,
눈물이 온통 나를 태울 것만 같다
거대한 눈물의 무게,

입술을 깨문다 발버둥을 친다

눈물이 끝내 눈물을 밀어내고 만다

프놈바켄의 일몰

코끼리를 타고 오른다
마지막 남은 몇 개의 계단은
오래 감추어 두었던 짐승을 꺼내 기어오른다

또 코끼리를 타고 뉘엿뉘엿 오르고 있는
한 점 혈육이라도 기다리는 것일까?
단숨에 동백 꽃잎처럼 지는 목숨은 없다
이마와 발가락만 내어놓고 깔딱이다가
이제 영 가는구나 싶은데
일순간 공중부양의 뻘건 햇덩이 두리번거린다

아픈 손가락은 그렇게 지는 해에 쉬 닿지 못하고
눈동자 굴리며 기다리는 순간이 나름의 포즈인가
누굴 기다리시나요?
한 말씀 하시죠
마지막 유언이라도……
사방에서 플래시 터진다

제 무게를 끌고 늦게 당도한 코끼리 같은 눈과
활짝 눈 맞추었나보다
뻘건 해 한 목숨 내려놓는다

호두 까는 여자

먼 기억 속 늑대 울음소리 듣는 만월 떠오르는 밤

입 꽉 다문 호두를 땅땅 두들긴다
떡 벌어진 내부, 사방으로 파편이 튄다
세상에 그 안에 웅크린 채 잘 자란 태아가 있는 줄도
모르고
사정없이 두들겼던 거다
안되요, 안되겠어요
끝없는 상승을 원하던 여자,
사지는 여지없이 찢겨지고
찢겨진 아이가 뭉텅뭉텅 쏟아져 나왔다
여자의 손에 피가 묻었다
피 묻은 손은 돌아갈 수 없다
누구라도 이쯤 되면 멈출 수가 없다
여자는 속을 파먹기 시작 한다
미끈거리는 양수를 손에 입가에 묻히며
머리몸통다리를 다리몸통머리를 뒤죽박죽으로 파먹는다
구석구석 끼인 살점들은 돗바늘을 넣어 말끔하게

양분이 될 거라는 지나는 바람 같은 속삭임에
여자의 귀가 번쩍 열린다 자꾸만 감기는 두 눈에 불꽃
이 인다
입맛 다시며 껍질까지 몽땅 먹는다
울어본 적 없는
아직 시작도 하지 않은 순백의 태아, 태아를
쭈글거리는 그 주름들,
울퉁불퉁한 내력을 읽는다 켜켜이 힘의 저장고
그리하여 주름이 주름을 펴고
저 깊은 골짜기 안쪽에서는 주름이 주름을 만들기도
하리라
그녀 얼굴에 붉은 기운이 번진다
이빨로는 씹고
손으로는 땅땅 두들겨가며 바쁘다 바빠,
먹어도, 먹어도 여자는 배가 부르지 않는지

단단하고 견고했던 집
한때 둥글었던 그것들이 날을 세운다

3부

딸기

딸기는 그냥 맨몸으로 산다
중심에 씨방 만들어 씨를 가두지도 않고
흩어져 있는 씨까지도 달다
터지지 않고 어떻게 여기까지 왔을까
그러나 한번쯤 잼을 만들어 본 사람은 알 것이다
딸기의 붉고 여린 표면은 일종의 전략이라는 것을
딸기를 매만지는 손은 때로 경건해 보이기도 하다
열을 가해도 잘 풀어지지 않고
국자로 꾹꾹 눌러도
뱉어낸 수면 속에서 이리저리 빠져나간다
안으로 들어갈수록 더욱 완강하고 질기다
꽃처럼 달콤했던 모습 다 허물어져도
쉽게 헐어버릴 수 없는 심지 하나
뼈의 단단함으로
숨기고 있었구나, 견디고 있었구나
맨몸으로 살아가는 오랜 습성은
딸기의 중심이다

흉터

물이 빠져나간 자리
주름이 지고

흉터가 먼저 울었다
흉터가 먼저 웃었다

어머니가 나에게 준 것
어떠한 의지도 없이 나한테 흘러들어 온 것
사람들은 때로 흉터로 나를 기억했다
나보다는 흉터에 먼저 말 걸던 이도 있었다
강물이 흘러 내 몸에도 세월 같은 살이 오르고
나는 순간, 순간 흉터를 잊었다
별안간 생각이 나서 거울을 들여다보았더니
차창 밖 스쳐 지나가는 진달래 꽃잎처럼 희미하다

오랜만에 만난 고향 사람이
찬찬히 얼굴 기웃거리더니
마침내 끄덕인다

순간, 흠 있는 아이에서 흠 있는 처녀로 훌쩍 자라
비로소 그와 내가 만난다
어머니와 형제들 고향의 골목골목이 우르르 쏟아져 나
온다
단단히 감겨진 시간과 공간이 술술 풀어진다

수많은 눈길이, 표정이, 말들이
빛으로 바람으로 왔다 간 자리
뿌리 같은 그곳
여전히 내 안에 선명한

노숙의 날들

둥근 롤러가 빠져버린 의자가 아파트 울타리 옆에 있다
롤러가 빠졌기 때문에
단란한 웃음소리를 체온을 떠나왔을 것이고
눈, 비를 맞아야 할 것이고
햇빛이 바람이 주인 없는 고양이가 몽글몽글 앉았다,
가기도 한다
오월이 오면 줄장미가 밤낮으로 향기를 보내올 것이고
젖망울이 생기기 시작하는 소녀가
가슴에 발을 담그고 끈을 조여 매고 간다
롤러가 빠졌기 때문에
묵은 종이 냄새 스탠드 불빛 같던 밤들과 이별했을 것
이고
덩달아 지붕이 벽이 창문이 허물어졌다
아이들 재잘거림이 스쳐지나가고
블레이드를 신은 발들의 무한질주
올림픽스포츠센타 김경희소아과 생각하는수학페르마
빛과선 심미치과 같은,
한없이 굴러가는, 굴러가는 공중의 바퀴들

거리 한켠에서는 통닭들이 꿰어져 저물도록 빙글빙글
돌고 있다
더 이상 무게는 없다
롤러가 빠졌기 때문에
구근처럼 둥글게 몸을 말아 침낭 속으로 기어들듯
몸에서는 뿌리가 돋아난 것이며
애초부터 여기 있었던 것처럼 도시 속의 정물이 되었다
잠시 멈추었다 속도를 매다는 일상의 바퀴들이
지축을 울리며 지나간다
몸이 독감을 앓듯 흔들리고 있다
한때는 시간에 속도에 목숨 걸고 매달린 적 있었을 것
이다
이따금 눈빛들 지나쳐가며 힐끔거린다

눈빛이 꽂히다

무심히 과일 코너를 지나다가
소매를 잡아끄는 복숭아 향기에 발이 걸린다
어릴 적 동네 언니, 오빠의
복숭아밭에서의 뜨거움은 왜 말하면 안 되었는지
온 가족이 모인 밥상머리에서
오빠한테 느닷없이 한 볼태기 얻어맞고
뺨 얼얼하게 붉어지기도 하였는데

향기가 추억을 불러낸다 과일 코너에서 혼자 웃는다

수십 개 진열되어 있는 복숭아 중에서
꼭지에 잎이 달린 복숭아에 눈빛이 꽂힌다
아직도 싱싱한 이파리 한 장
복숭아나무가 나한테 보낸 편지라는 걸
편지의 겉장이라는 것을 단박에 알아차린다

솜털을 씻어내면서
겉장을 뜯는다

지난 봄 차창에 기대앉아 먼 발치에서
불끈불끈 땀 흘리며 꽃 피우던 너를 보았었지
손톱 세워 껍질 벗기듯 읽어 내려간다

과육은 새삼 내 안에 들어와 피와 살이
웃음이 울음이 분노가 될 거라고
한데 엉겨 뒹굴어 보자고
부끄러운 줄도 모르고 화농처럼 흘러내린다
쟁여놓은 말들로 뚝뚝 나를 적신다
한없이 늘어나는, 발 빠지는
오, 피의 향기!

보랏빛으로

빨랫감들 곰팡이꽃 피어나고
피와 살이 되었을 과일들 짓무르고
현관 신발 안에 먼지 쌓여갈 때

무꽃이 피었다

너 하나쯤 썩어도 그만이라고
빛 들지 않는 구석에 팽개쳐두고
모른 척 잊은 척 진짜 잊기도 했었는데
연두 이파리들 길게 자라나고
한가운데
울음 울 때 닭 모가지처럼 꽃대 밀어 올려
무가 울고 있었다
울컥울컥 보랏빛으로
아니 울다가 비아냥인 듯 쓴웃음 흘리고 있었다

비닐봉지 속 팔뚝만한 무를 꺼내보았더니
제 몸의 흰 피 빨아먹고

어쩌자고
도대체 뭘 어쩌자고
몽글몽글 봄날 돌 밑 솜털 같은 잔뿌리들
군데군데 살점은 썩어 들어가는데

상처를 어림짐작해 멀리까지 잘라내고
물속에 담근다
늙기 시작하는 손등의 형상
주글거리던 표면은 결코 펴지지 않고
제 몸 절반을 잃고 맺은 봉오리들 마저 피운다
한 방울 수혈도 마다하고 오직 제 것으로만 운다

둥근 안락의자가 있는 풍경

1

담장을 기어오른 등나무
몸 한 번 뒤틀 때마다
몇 개씩 귀가 돋아나 자라고
여름엔 귀가 얇다 작은 바람에도 흔들린다
저 흔들림으로 정강이뼈는 얼마나 아플 것인가
뭉클뭉클 흘러내리는 자줏빛 꽃들

2

더 이상 지친 몸을 받아줄 수 없을 만큼
낡아버린 의자는
아침마다 바퀴가 굴러간 빈자리에 서 있다
누구도 바퀴를 굴리며 들어올 수 없게
컹컹 짖는 한 마리 개의 몸짓으로,
이럴 땐 무게나 거추장스러움이 오히려 든든하다
철철 비 오거나 땡볕 속, 늦은 밤까지도
나는 늘 그 자리에 서서 기다린다

지루할 때면
  한때 그가 들려준 음악과 도토리만한 일상의 얘기들,
따스한 체온을
  어렴풋한 지난 생의 일처럼 떠올리며
  까무룩 젖어 먼데 바라보기도 하고 혼자 웃기도 한다
  더 이상, 낡아 가는 것이 두렵지만은 않다
  때마침 불어오는 바람 한 줄기
  익숙한, 너무나 익숙한
  먼 옛날 내가 꽃 피웠을지도 모를 등꽃 향기가 날린다
  깊은 심호흡을 한다

  할머니 손잡고 길 가던 노란 모자 하나가
  장난스레 어깨를 건드리고 간다

지워지지 않는 거울

욕조 가득 뜨거운 물을 받아 목욕을 한다
머리를 감고 때를 밀고
이때쯤이면 수증기로 몽땅 지워지곤 하는데
끝없이 진화를 꿈꾸어 온 거울이
창문처럼 창문 너머 들러붙는 눈동자처럼
꼭 도화지 크기만큼 한가운데가 지워지지 않는다

몇 번이고 바가지 가득 뜨거운 물을 담았다 쏟았다 한다
여전히 거울은 그만큼 지워지지 않고
거울의 눈동자 퍼득퍼득
오히려 벗은 알몸을 훑는다
알몸 속 언제 들었는지 붉은 멍 하나
너무 얇아 길이 훤히 들여다보이는 혈맥들
고집불통의 얼굴을 정면으로 응시하고
총알이 있었으면 좋겠어,
딱 두 발만
밤낮으로 명중의 순간을 꿈꾸는 눈을,
눈이 들여다본다

손바닥을 대본다 손바닥이 뜨겁다

들끓는 이마 하나 만져진다

이제 젖은 눈은 없다

물길처럼 불길처럼 이어지고 있을 열선 몇 가닥 쉼 없

이 흐르고

불덩이 이마, 상기된 눈동자가

등 뒤 땀 흘리는 흰 벽을

손가락 끝 금방이라도 묻어날 붉은 얼룩을 담고 서 있다

백정의 아내

헝클어진 가슴 위로 돌팔매가 날아들었다
얼마나 커다란 치욕들이 뿌리를 내렸을까
검은 깃을 가슴에 새긴,
제 목을 허공에 매달았을 그녀
생애 속으로 붉은 핏물이 흘러들었다
끝끝내 인간이 되길 거부하고
붉은 동백꽃으로 피어
보아라,
내 목을
거듭거듭 죽어도 나는 기필코
네 생의 한가운데 서서
붉은 심장을 꺼내 흔들어 줄 거야
창백해질 때까지 웃어 줄 거야

동백꽃

참 이상한 일이었다
어머니 자궁 속에는 깍지벌레가 있었던지
제법 자란 아이가 툭툭 굴러 떨어졌다
자식 하나 달랑 남겨두고
세상 뜨신 부모님
봄부터 맺었던 동백이
하필 설날 아침에 터졌다
찾아 올 사람도 찾아 갈 곳도 없어
더없이 소박한 한때
덕담인 듯 축복인 듯
따순 동백꽃 두 송이
아직 천방지축인 아이들과 둘러앉아
왁자지껄 세배를 한다
노란 목젖이 다 보이도록 웃는다

벌에 쏘이다

이곳이 제 영토라고 깃발을 꽂아놓고 갔다
목련꽃 같던 손등에 독침을
온 힘을 다해

벌들이 몸속에서 잉잉거린다
멀리 날던 습성으로 어깨까지 목까지 간다
펄럭이는 깃발을 들고 공원에서 친구를 만나고
영화를 보고 차를 마시고
간간이 달리던 차들이 앓는 소리를 낸다

찢어질 듯 탱탱해져
주먹을 쥘 수도 뭘 잡을 수도 없다
얼떨결에 흘러든 몇 방울 정액처럼
안에서 사나흘 야무지게 머물다 가려나보다
누가 팔을 사이에 두고 줄다리기를 하고 있다

손은 향기 없는
한 무더기 꽃다발이 되고

단 것만 먹고
향기를 좇아 가벼이 날아다니던,
그 쬐그만 것이
눈 둔덕 같은 표식을 남기고 갔다
(얼마간은 너에 대해 사유할 수밖에)

잔뜩 독 오른 독이 몸속을 휘돌고 있다
때 만난 혈액이 웅성거린다

홍여새 한 마리

책상 유리판 아래
십오 년쯤 된 80원짜리 우표 속에는
홍여새 한 마리가 앉아 있다
아직도 그 새는 내가 쓴 편지를 기다리고 있는 것일까
금방이라도 날아오를 태세다
열 마리씩 무리 지어 다니다가
무슨 할 말이 그리도 많았던지
하나 둘 날아가 버리고 긴 시간 혼자 남은 거다
서울이든 광주든 목포든
꺼내만 주면 가겠다고 나를 볼 때마다 말한다
말하는 입이 예쁜 홍여새
그러나 나는 아직도 그 새를 꺼내주지 못하고 있다
자질구레한 변명이나 수식 포장해야 하는 번거로움,
아니다 그건 아니다
마지막 남은 한 마디를 어떻게든 남겨두려는 거다
심심할 때면 홍여새와 논다
우체국에 갔다 오다 공원에 들러 비둘기와 놀던 일
홍여새 열 마리 가슴에 안고 마냥 뿌듯했던 때

어제를 이야기 한다 오늘을 산다

우르르 쏟아놓지 않고 아껴먹듯이

새로이 순간 순간을 맞추고 있다 보태고 있다

황달 1

수직으로 흘러든 어머니 내내 고요하더니
양수 속에서 출렁이던
붉은 젖을 빨던 내 아가야,
쉰둘 아들의 몸에 노랗게, 피어났다

집집의 전화벨이 밤낮으로 울어댔다
광주에서 서울 서울에서 광주
쉼 없이 기차가 오르락내리락
없다, 없다
마른 가지 같은 빈손들
연민이나 자책 같은 쉽게 빛바랠 것들이 끌려나오고
부풀어 오르고

어느 새벽 간헐적으로 이어지던 봄비 내리고
가지에서 가지로 다시 흐르던 물방울들
뭉텅뭉텅 쏟아져내렸다

팔순의 노모에게로 향하던 마음들 발길 끊어지고

어머니 낯밤으로 젖어있다
십수 년 가까스로 버티던 좌골이 털썩 내려앉고
덮어두었던 검은 페이지들이 속속 펄럭인다

모든 죽음은 어느 만큼은 자살의 흔적을
어느 만큼은 타살의 혐의를 남기는 것인가
꼬리에 꼬리를 무는 뒤늦은 진단들
다 하지 못한 말들이
듣지 못한 대답이 저마다의 몫으로 뭉쳐 있을 뿐이다
머지않아 잊은 듯 꽃이 만발할 것이다

황달 2

감염이라는 말,
속에는 뿌리가 있다
덜컥 가슴 한켠이 내려앉는다

나는 언제라도 너한테 갈 수 있고
그것도 직통으로
네 혈관 속을 흐를 수 있고
숨통을 조일 수 있고

네 아들한테 딸한테도 뻗칠 수 있고
손자 손녀에게도 다다를 수 있고

달빛이 내 귀에 대고 입술을 달싹인다
모든 중요한 말들은 소곤거림으로 오는 것
나는 곰곰 묘안을 생각하다가
문득 할머니 이야기 속 전설을 믿기로 한다

대야에 붕어 몇 마리 가두어두고

단풍 든 노란 눈으로 오래 들여다본다
눈은 입구이면서 출구다
입구부터 물들더니 요동치던 붕어가 시든다
후줄근하다
내 노란 달 가져갔다

황달 3

손바닥과 눈동자 두 알이 먼저 노랗다
밤낮으로 달 떠 있다

추억을 꺼내 빛바랜 사연을 읽기도 하고
당신은 내 생에 히든카드야
발전소야
기둥이야
반면교사야
눈이었어, 지팡이었어

서툰 고백의 시선으로 먼데를 보고
혹은 달콤한 말을 퍼부어도
그가 젖지 않는다
밖을 향해 뻗어있는 것들 거두어들이고
다만 빛으로 누워있다
누군가 뜨거운 달의 이마를 짚어본다
홑이불을 놓치지 않으려고 꼼지락대는 발을 쓰다듬는다
모여 있는 모든 곳은 저희끼리 그냥 축제다

개심사 목백일홍

아직 세상의 인연을 다 벗지 못해
깊은 밤 뜰에 나와
꿈틀거리는 욕망을 슬그머니 꺼내놓은 걸까
기다렸다는 듯 살 떨리는 나무의 오르가즘
가지마다 휜다
제 몸 미처 수습하지도 못했을 때
첫닭이 울었는지
큰스님 기침소리 들렸는지
벗은 듯한 몸으로
하룻밤 꿈같은 기억 더듬으며
한 생을 사는 목백일홍 한 그루
해마다 붉은 꽃을 피워
뜨거웠던 밤을,
바랑 하나 짊어지고 떠나버린 그를
어제 일인 듯 이야기 하는구나
그 얘기에 귀 기울이다 보면 서른 넘어 마흔
어느새 내 얼굴에도 목백일홍 꽃물이 든다

숟가락

숟가락 구경 가지 않을래?
날마다 숟가락을 주물럭거리는 한 개 숟가락이 전화를
했다
숟가락만으로도 온 세상이 표현되는 전시실,
한가운데 수많은 숟가락을 잇대어 만든 거대한 숟가락
하나

그래 나 그때 아직 윤기 흐르는 한 개 숟가락이었었지
숟가락은 요람 같은 숟가락 안에 누웠었지
그 안에서 잠들고 뒤척이며 밥을 먹었었지

숟가락이 숟가락을 감시하기 시작했다
감시 속에서 숟가락이 숟가락을 낳았다
숟가락 한 개 계단을 오른다
제 키만한 가방을 메고
또 한 개 숟가락이 계단을 오른다
뒤이어 숟가락숟가락숟가락이 계단을 오른다
거대한 빌딩 하나 거뜬히 떠받친다

숟가락이 자란다 무럭무럭 자란다
잘 자란 숟가락 한 개 전철 안으로 들어서고
또 한 개 숟가락 전철 안으로 들어선다
숟가락숟가락숟가락이 전철을 굴린다

너와 내가 굴러간다
한 세계가 또 한 세계를 거뜬히 민다

나는일찌기숟가락이었다
밥먹는숟가락돈쓰는숟가락주절대는숟가락
시읽는숟가락싸울줄모르는숟가락하품하는숟가락
모든 기능이 퇴화되어도 숟가락만은 영원하리라

무덤 속 뼈들이 산 사람의 숟가락을 챙긴다

숟가락 눈에는 숟가락만 보인다
숟가락 귀에는 숟가락만 들린다

4부

장전하는 금붕어

신생아 때 홍역을 앓아 청력이 떨어진 오빠는 한 마리 금붕어처럼 수초더미 사이에서 잠들고 깨어나고,

혼자 어항 속을 돌아다녔다 형제들이 모일 때면 눈만 껌벅이며 점점 고요해졌다 아무도 그의 고요를 건드리지 않고

오빠가 지게차에서 떨어졌다 제 몸을 왈칵 쏟고 말았다 금붕어들이 떼로 몰려들어 별안간 고요는 깨어지고, 균열이 간 틈사이로 흘러나오는 ─ 7남매 중 여섯 번째 내 여동생이에요, 동생들 모두 잘 살아요 …… ─ 얼음장 밑에서 건져 올리는 싱싱한 빙어들처럼 연이어 터져 나오는 오빠의 말들, 늘 몸을 숨기던 수초더미를 헤치고 퐁퐁 쏘아올린다 내가 투명한 어항 속 깊은 바닥으로 가라앉는다

잠깐 뒤돌아서 젖은 눈가 훔치는 사이 상처가 아물고 깁스를 풀자 다시 잠잠해진 어항 속,

금붕어 한 마리, 눈을 껌벅이며 다시 장전하고 있다

수전증

누군가 그를 연주하고 있다
열 개 손가락이 현악기의 줄처럼 떤다
벙어리 악기,
일제히 소리 나지 않는 악기 위로 쏠리는 눈빛들
입 안 가득 모래를 머금어서 모두들 말이 없다
차마 소리로 표현하지 못한 그의 이력이 손가락 사이
에서 흘러내린다
집게발을 쳐들고 알을 터는 꽃게 같다
더운 바람이 불어오는 방향을 알 수 없는데
온몸의 가지들이 바람을 탄다
뜨거운 물을 붓던 주전자가 컵의 테두리를 벗어나
살얼음 같은 유리에 금이 간다
바람이 바람을 부른다
내가 만지는 컵이며 재떨이 따위가 흔들린다
눈빛이 머무는 것마다 덜덜 떠는
오그라붙는 방안의 사물들,
사물의 심장들
그가 돌아간 뒤에도 연주는 남아 어른거른다

흘러간 그의 연주를 오래 듣는 생살의 밤이다

뿌리의 방

오래 누워 있던 할머니 등에 실뿌리들 생겨
제법 굵어져서는
일으킬 때마다 우드득, 우드득 뿌리 뽑히는 소리

흙 알갱이로 온통 방안에 어질러졌다가
햇빛이 잠시 놀러와 소꿉놀이하던 마루까지 새어나오고
툇마루를 올라서던 아버지의 인기척이 멈칫거린다
까실까실한 손을 털며 앞산 회미한 진달래꽃에 얼굴
담근다
담배 한 개비 문다

할머니의 뿌리가 멀리 있는 이모나 사촌들을 불러들이고
식구들은 뿌리에 기대어 웃고 한숨짓기도 하며
몇 번이고 달력이 바뀌어 걸렸던
뿌리의 방

뽑혔다가 금세 허옇게 뻗어 자리 잡곤 하던
한밤중에도 불을 켜고 불을 끄던

뿌리의 힘,
안방 아랫목에 꽝꽝 못 박고
할머니 오래 눈 뜨고 있다

공중에 매달린 것들

1. 무덤

파리끈끈이

매혹적인 향기

알록달록

죽는 순간까지, 죽어서도

나는 듯한 자세로

꿀을 빠는 벌처럼

이놈 저놈 이끌려 달라붙는다

내 시선 위에

구물거리며 바닥을 기어 다니던 때를 생각한다

아침 저녁으로

경배하듯 몸속 물 말리고 있는 파리들 쳐다보고

민둥산 하나 걸어놓더니

비탈에 누워있는 떼무덤들

살아서 옷깃 한 번 스친 적 있었을까

장마비 퍼붓듯 내리고 모두 한 배를 탔다

2. 그림

줄 하나 흰 광목을 움켜 쥔,
그녀 어머니와 그녀와 그녀의 아기
탯줄처럼 이었던
줄이 허공과 그녀를 잇는다
돌아오려면 차라리 그 줄로 목을 매라 했던가
줄 타고 버선발로 타박타박 걸어서 올라갔다
바닥에서 발끝은 그리 멀지 않았다
그녀, 길 끝에 닿은 지 오래되었으나
허공의 길 지워지지 않고
아이들 꿈속을 들락날락, 잠 깬다
한 세대가 가도
그때 그 자리, 입에서 입으로 오르락내리락
무수히 복제되어 내걸린다 덧칠을 한다

3. 불임

대문 앞 작은 남새밭 가장자리에
채송화 꽃이 피었다
몇 번의 잉태에도 불구하고
제 속으로 아이 하나 낳아보지 못한 그녀
해마다 꽃을 낳는다
이제 머리칼 희끗희끗한 아비를
문 밖에서 마중하는 아이들
찾아오는 누구에게라도 반갑게 인사하는,
지나는 길손에게
조금은 외롭고 조금은 따뜻한 사람이라고
제 어미를 소개할 줄도 안다
너무 빨리 지나가버리는 여름
어미보다 먼저 가서 미안하다고
기억하라고 너무 외로워하진 말라고
까만 씨앗을 꼭 쥐어주고 떠나는
그녀의 오종종한 아이들

껌을 씹는 동안에

아귀가 아프도록 껌을 씹는다
차창 밖 풍경들이 휙휙 지나간다
꽤나 심각했던 울음이 휙휙 지나간다
늙은 어머니가 불구의 오빠가 질경질경 씹힌다
다 알고 있다고 말없이 나를 씹었던 그를
질경질경 씹는다
씹어도 씹어도 뼈와 살이 되지 않는 것
나는 쉽게 씹는 일을 멈출 수 없고
생각 없이 의자에 앉아 껌을 씹고 있을 때
중환자실 아버지는 저 세상으로 가고
어린 아들은 똥통에 빠져 허우적거린다
자면서도 걸으면서도 말하면서도
씹을 수 있는 껌
아무 곳에서나 입을 벌리는 단단하지 못한 나의 눈물이
말랑말랑한 내가
다 읽지 못한 페이지들이 부담 없이 넘어가고
이 악물었던 시간이 간단없이 씹히고
살아온 날들을 살아갈 날들이 꼭꼭 씹힌다

그러는 사이 누군가 또 나를 씹는 걸까

귀가 가렵다

파종 이후

꽝꽝 언 밭에 아버지를 심고 돌아와
밥을 먹고 잠을 잤다

문득 생각이 나서
아버지 심은 자리에 가 보았더니
놀랍게도
아버지가 흰 고추꽃으로 사방에 피어 있었다

늦가을 누가 문을 두드린다
택배요, 택배,
나가 보았더니 그 사이 빨갛게 익은
아버지가 비쩍 말라 거기 서 있었다

곱게 빻은 것들로 김치를 담고
매운탕을 끓이고 꽃게를 무친다
형제들과 오랜만에 둘러앉아
아버지의 매웠던 한 생애를 쩝, 쩝
사이좋게,

때로는 티격태격, 오래오래 씹어 먹는다

먼저 배가 부른 어린 조카들은 놀이터로 PC방으로
덜렁거리며 뛰어다니고
아버지가 아버지를 밀어내고
아버지가 아버지를 거꾸러뜨리고 아버지가 아버지에게
총을 겨눈다

다음에 또 만나자구,
아버지가 아버지에게 손을 흔들고
차에 탄 아버지는
손 흔들고 서 있는 아버지를 향해 꾸벅 인사를 하고
마른 오징어를 씹듯 또 멀어져간 아버지를 씹는다

비쩍 마른 아버지는 내 안에 들어와 살이 되고
어린 조카들은 쑥쑥 자랄 것이다
이제 내가 그들을 부를 이름이 무엇인지 오래 뒤척인다
여전히 내 생에 상주하고 계신 아버지,

아버지가 아버지를 위해 자야지, 자야지, 자장가를 부른다

서호에서

호수는 가장자리부터 만신창이 속내를 드러내 보인다
물새들은 썩은 물에도 발을 담그고 논다
부리를 처박았다 뺐다,
그칠 줄 모르는 새들의 식욕을
한참 동안이나 물끄러미 바라본다
그들의 부리나 발이
왜 그렇게 매끄럽고 단단한지 알 것도 같다

자궁암 말기
생산이라곤 몰랐던 그녀의 자궁 속에서
바람이 불 때마다 악취가 출렁인다
늘 고여 있기만 하던 물이 멀리도 간다
죽어서 걸어 나오는 물
죽어서 안기는 물
이제는 여밀 수 없는 시간들이여,
삼키고 흘려보냈던
눈물과 땀과 정액이 그녀 주위를 맴돈다

악취 속에서도 대지는 여전히 풀꽃을 피우고
마디를 늘리고 있는 나뭇가지들
밤이면 어김없이 켜지는 불빛들
아이들은 아랑곳없이 자전거 페달을 밟는다
삼삼오오 희미한 불빛 아래 담소하던 이들은
날벌레들에게 기꺼이 피 몇 방울 나누어 주고
늦은 밤 손 흔들며 다리를 건넌다
칸칸이 매달린 몸을 끌며 어둠 속을 달린다

아르고스, 그 여자
 – 내 영혼의 살점이 떨어질 때 너를 열 수 있을 것이다

　문둥병을 앓고 있었다 누구는 고흥에서 누구는 녹동에서 혹은 겸백 어디에서 왔다 했지만 어디서 흘러들었는지 아무도 알지 못했고 자고 나면 어둠에 뜯어 먹힌 자국들, 발가락 손가락으로 밤하늘 달과 별을 그렸을까? 그리다가, 그리다가 날이 밝았던가 채 마르지 않은 붓끝 흘러내리는 살점들

　절해고도의 섬으로 마루 끝에 앉아 바람이 가랑잎만 건드리고 가도 주저앉는 눈꺼풀로 말을 걸더니만 떨어져 나간 살점들 혼자였던 시간들을 오래 주물럭거렸던가 감겨버린 두 눈 대신 열 개 스무 개 서른 개…… 상처들 모두 눈이 되어 백 개의 눈을 가졌고 마디 마디 떨어져 나간 손끝눈으로 깜박깜박 먼 과거를 먼 미래까지를, 입에 담기조차 불길한 예감들을 거침없이 내뱉곤 했다

　마침내 눈들이 오래 닫힌 문을 연다 발 헛딜을까 두려운 깜깜한 얼굴들을 불러들인다 손 잡아 주어 깊은 굴헝을 빠져나오게 하고 범람한 강을 안간힘으로 건너기도

했다 개울 건너 당산나무 옆 그림자 짙던 그곳을 정점으로 그 여자의 눈, 입에서 입으로 흘러 다니며 지상의 빛이 되고 또다른 어둠이 되고

그 여름의 개울

여름, 십리 밖 장터에 오일장이 서던 날
다섯 살 여동생이 집 앞 개울에 빠져 죽었다

어떻게 자식 빠져 죽은 물을 길어 밥을 한다냐?
머리를 빗기듯 물결을 어루만지기만 하던 어머니
그 날 이후로 어머니에겐
더 이상 흐르지 않게 된 개울물
몇 번 여름이 가도 동생은 개울에 고여 있었다
보리 까시락 같던 어머니의 눈물

눈을 씻고 들여다보세요
물은 흐르고 흘러 다시 돌아오지 않아요
어제의 물이 아니라구요
들어보세요
내가 열세 살이 될 때까지 한 번도 들은 적 없던
저 느닷없는 새 울음소리,
문풍지를 흔들고 가는 자취 없는 바람소리를

보이지 않는 것들은
만져지지 않는 것들은
그렇게 소리가 되었다 늘 곁에 있었다

훌쩍훌쩍 키웠던 것 같기도 하고
밀어내는 것 같기도 했던

부추밭 풍경

날름거리는 식칼의 혓바닥이 새 잎을 밀어 올린다

잘라내도 잘라내도
고개 내미는 것들

바람이 고개 숙여 머리칼 헤집어보고
이마 쓰다듬고 갔다
흰 배꽃 나무 뒤, 반 평도 안 되던 비탈의 부추밭
불쑥 손님이 오거나 오일장에 다녀오지 못한 날이면
급히 언덕을 오르는 발자국 소리를 들었을 것이다

심장이 오그라붙거나
두근두근 열망으로 심호흡을 했을까

떨리는 순간들이 키를 키웠다

너는 아니라고
잘라 말하는 소리 밀어내고

끝없이 밖을 향해 기웃거리는 푸른 이파리들
발끝을 세우고 한없이 목이 가늘어진다
한쪽으로만 눈동자가 쏠린다
풍경들이 일제히 한 방향으로만 몰려오고 몰려가고
발이 깊숙이 빠져 있다

姑母

영원히 열린 지갑이다

금 나와라 뚝딱 은 나와라 뚝딱
지갑 속에서 아구찜이 나오고
냉장고가 나오고 이식될 장기가 나오고
곰곰 궁리하다가 밤사이 집 한 칸이 지어지고
누가 창 위에 계단 놓을 생각을 했을까
계단이 열렸다 닫혔다 한다
방안 가득 꽃나무 벽지가 장풍처럼 펼쳐지고
사이 사이 바른 말들이 튀어 나온다

해서 고모는 영원한 봉이다
봉~
봉~
봉봉 쥬스는 물집처럼 치아와 치아 사이에서 톡톡 터
졌었다

바른 말을 하는 사람이 한 명쯤은 있어야 해

만만한 사람이 한 명쯤은 있어야 해

늘 적으로 분류되지만 궁휼의 시대엔 핏줄이 불거진다

제 피붙이가 없는 자만이 진정한 고모가 될 수 있다

블로그 순례를 한다
이모집 옥이이모 막내이모 큰이모
갖가지 이모들이 등장하지만 백석을 빼고 나면 고모는
없다
분명 쓴맛보다는 단맛이 창궐하는 시대다
계절풍이 분다

단단한 뿌리

구멍이나 틈을 비집고 나와서는
놀라 눈 한 번 크게 뜨고 나면
질끈 눈 감고 나면
사라지고 없을 때도 있다
사라지고 난 뒤에도 한참 동안이나 어른거리는데
뛰어가면서도 따라오는 것만 같아 자꾸 뒤돌아본다

기어갈 때는 스르르 풀리듯 가는 것 같아도
자세히 보면
긴 몸으로 중간 중간 주름을 만들며 가는데
한 마디 잘라버리면 더 이상 기어 갈 수가 없다

뚝 끊겨버린 문장
누가 말문을 막는 사이
엄마, 엄마 부르며 발을 거는 사이 저장된 기억이 지워
지고 없다

접고 펴는 주름의 힘으로 기어가는 것인데

주름은 지느러미고 발이고 날개인가

깜깜한 기억 속 어디에 주름이 있었는지
아직도 불쑥 불쑥 기어 나와
생생하게
섬칫하게
꿈속 발목에 친친 감겨 식은 땀 흘리게 하는

넘나들며 숨통을 열었다 조였다 하는
기어 다니는, 대지의 환기통
내 정신의 환기구
기어 다니는 것이 사실은 제 몸에 숨구멍을 내는 것임
을 아는지
스스로 죽는 법이라곤 없는 뱀은

냄새

새벽에 일어났더니
어젯밤에 구워 먹은 굴비 한 마리
살아서 퍼덕인다
밤 동안 온 집안을 헤엄쳐 다녔나보다
출구를 찾지 못해 얼마나 지느러미가 아팠을까
문을 모두 열어 놓아도 나가지 못한다
밤사이 수많은 새끼를 낳았는지
가는 곳마다 조기새끼들이 꿈틀거린다
몸에서 옷에서 진동하는,
싱싱한 비린내
굴비떼를 몰고 외출을 한다
바다는 너무 멀고
조금 더 넓고 트인 곳을 향해,
옷자락을 툭툭 턴다
몸의 가지들을 쓸어내린다
바람이 불거나 비가 내리면 더욱 좋겠지
굴비떼를 풀어놓고 오래도록 그 길을 바라볼 것이다

관계

어떤 이는 잘해보자, 잘해보자 다짐을 하고
어떤 이는 핥고 빨며 뒤엉켜 사랑을 하고
어떤 이는 충혈된 눈빛으로 살인을 하고
어떤 이는 보란 듯이 훔친다
새털 같은 여자를
애써 쌓아놓은 시간을
몇 번이고 다짐했던 희망을
그러고는 얼룩을 쓱쓱 문지르며
못 본 거야
너와 나는 모르는 거야
온몸이 눈인 온몸이 입인 거울에게
몇 번이고 새끼손가락 걸어 다짐을 한다
그러나 언제든 거울은 깨지고 마는 것
깨지고 나면 너무도 거추장스러운 조각들은
이제 더 이상 둥근 기억이 아니다
사방에 튀어 겨냥한다
한때 나누었던 속엣말이나 체온마저도 낯설다
돌이키고 싶은 무게다

더 이상 입을 다물 수가 없을 때
포화상태인 제 몸을 지탱할 수가 없어
깨지면서
조각조각 흩어지면서
피로 얼룩졌던 한 때를
흩어지고 말 사랑을
다시는 짜 맞출 수 없는 시간을
끝내 말하고 만다
와장창 일시에 쏟아내고 만다
치우고 또 치우고
파편들에게 시간을 빼앗긴다
스멀스멀 언제 기어 나올지 몰라 마음 졸인다
위에도 아래도 옆에도 뒤에도 세상엔 온통 거울이다
걷지도 기어 다닐 줄도 모르는 아이가
꼭 나 같은 한 아이가
사방이 거울인 방 안에서 혼자 옹알이를 한다

바퀴벌레

엘리베이터 앞에 누가 서 있다 나는 장바구니를 들고 10층까지 계단을 오른다 앞집 여자가 반상회 가자고 벨을 누른다 아이는 반상회 때마다 아프다 그녀가 고개를 갸우뚱한다 엘리베이터 안 등 뒤에서 저희끼리 주고받는 소리 들린다 낮잠을 잔다 꿈을 꾸어가며 낮잠을 잔다 하루 종일 신발을 신어보지 않는 날도 있다

찬바람이 파고드는데 목련나무 일제히 눈뜨는 걸 보면 햇빛 속에도 눈이 있는 게 분명해, 눈이 부신다 커튼을 내린다 낮 동안 늘 갇혀 있다 한껏 주눅 들어 더듬거리고 수전증 걸린 듯 덜덜거리며 자꾸만 문을 닫는다 세상으로 향한 어떠한 통로도 손길도 없다 환한 대낮은 오히려 한 치 앞도 볼 수 없는 어둠 속이다 자꾸만 눈이 감긴다 두통약을 먹는다

게으름은 온통 번들거리는 검은 나의 외투다 거꾸로 뒤집혀 빌 듯 허우적거려보지만 그들에게는 갈퀴 같은 눈이 있었다 일하지 않고 먹고 마시고 침 바른다고 한 순

간도 놓치지 않고 숨어있는 몸을 찍어 누르며 끄집어냈
다 그리하여 나는 어둠이 물려주는 젖을 빨며 어둠의 품
안에서 살이 올랐다

  수많은 눈동자들이 제 집의 문을 닫는다 불을 끈다 드
디어 내 안에 내장된 불을 켜고 뱀이 허물 속을 빠져나오
듯 낮 동안의 나를 벗는다 쓸데없는 공상과 웅얼거림, 익
숙한 어둠은 반갑다고 머리카락을 쓰다듬고 이 방은 이
집은 이제 나의 거리다 입에서 휘파람 소리 같은 노래 어
쩔 수 없이 새어나와 거리에 흘러 넘친다 길쌈방 한쪽 구
석에 앉아 이야기책을 읽던 어머니의 어머니처럼 밤, 그
환한 대낮 속을 혼자 채운다

차 주전자의 노래

기적이 운다
고여 있는 단단한 정적을 한 순간에 꿰뚫는다
여행,
언제나 가슴 설레는
나태와 헐거움 사이에서 무성하게 자라던 건망증이
화들짝 놀라 달아난다
잎사귀들 물속에서 주름을 편다
더듬거리며
물에 입술이 먼저 닿는다 온몸이 젖는다
갖가지 몽상들이 와글거리고
그것들은 문 앞에서 쾅쾅 두들긴다
흐린 날은 몇 번이고 기차를 탄다
배터리를 충전한다
여행은 언제나 순차적이지 않다
유골단지를 안고 사막을 걷거나
시베리아를 횡단하기도 한다
이유 없는 슬픔, 유년의 고아 의식에 젖어
목 놓아 울어보기도 하고

발 동동 구르며
떠나는 비행기를 향해 팔을 흔들기도 한다
그렇게 나는 나를 방기하고 있다

판옵티콘 세상 속에서 호흡하기

눈빛이 꽂히다

판옵티콘panopticon의 세상이다. 어딜 가나 눈이 있다. 혼자 승강기를 타도 혼자 지하 주차장을 들어가도 눈이 있다. 잠시 도로에 차를 세우고 친구와 차를 한 잔 마시고 나왔는데 "이곳은 주정차 금지구역입니다" 문구와 함께 번호판이 선명한 고지서가 날아온다. 언제 그곳에 갔었는지도 벌써 잊어버렸는데 스쳐 지나간 시간을 환기시킨다. 심지어 제 집의 안방이나 거실에도 자신이 모르는 사이 렌즈가 돌아가고 있을지도 모른다는 생각을 가끔 한다.

그래서 한시도 본다는 것, 보여진다는 것으로부터 자유로울 수 없는 세상에 살고 있다. 렌즈 안에 잡혔을 때 모든 관계는 비로소 시작되는 것이다. 눈앞의 사물이나 어떤 현상을 만났을 때 가능한 이면을 보려는 노력에 집중했고 다른 눈, 어떻게 새롭게 볼 것인가에 대한 고민이 커졌다. 그 같은 고민은 쓰기 이전에 반드시 선행되어야

할 충분한 과제였다.

　가능한 일상으로부터, 나를 둘러싸고 있는 가족이나 그외 현실적 무게로부터 자유롭고 싶은 열망 때문에 시라는 한 장르를 선택했을 터인데 시집 원고를 정리하고 보니 실상 그간 나를 담고 있던 그릇이 무엇이었는지 확연해지고 말았다.

　갑자기 눈앞의 사물들이 잘 보이지 않을 때가 있었다. 의사는 실명할지도 모른다는 말을 했다. 학교를 결석하고 물어, 물어 침쟁이 노인을 찾아갔다. 아버지가 내 손을 꽉 붙잡았다. 침쟁이 노인이 혀를 차더니 침으로 눈의 가장자리를 따라 한 바퀴 원을 그렸다. 이불을 꿰매는 돗바늘 같은 굵은 침이 끄윽, 끄윽 트림을 하듯 양쪽 눈알의 둘레를 차례대로 지나갔다.

　나는 속으로 이 돌팔이 늙은이가 내 두 눈알을 도려내는구나, 했다. 살아 있는 도미나 병어의 살 속으로 잘 들지 않는 반쯤 누운 칼이 들어갈 때 그것들은 그만큼의 통증에 몸을 떨까? 움츠러들까? 발버둥을 칠까? 내 손을 붙잡은 아버지의 손이 더 완강해졌다. 양쪽 눈에서 흘러나온 피가 거즈를 빨갛게 적셨다. 자리에서 일어나자 이상하게 좀 전의 통증과 두려움에서 풀려났고 개운한 느낌마저 들었다. 노인의 말처럼 나쁜 피, 나쁜 피가 빠져나간 까닭이었을까? 돌아오는 발걸음은 훨씬 가벼웠다.

그날 나는 처음으로 고장 난 눈 때문에, 부드럽지만 따뜻하고 강한 그리고 한없이 간절했던 아버지의 눈을 만났다. 안경으로 시력을 교정하긴 했지만 사람들의 뭉개진 눈 코 입이 다시 보이기 시작했다. 그때 만약 실명을 했으면 어땠을까? 하는 상상보다는 눈의 둘레를 원을 그리듯 지나가던 침의 자취가 눈에 대한 원체험으로 아직도 생생하다.

원고를 정리하면서 나는 도처에서 눈을 만났다. 단순히 스스로가 본다는 것을 넘어서서 보여지는 사물들, 비추어지는 세계, 나를 재단하고 꿰뚫는 수많은 눈들의 한가운데 내가 있었고 그 지점에서 내 시의 탄생이 시작되었다. 우리가 보지 못하는 대상을 개가 보고, 거울이 사물을 보고, 눈이 먼 노인이 찾아온 사람들의 미래나 과거를 되짚어 보곤 했다. 모든 것들의 사이에 눈이 있었다.

시간이 많이 남아 있지 않은 사람과 중환자실에서 대면했을 때 아무 말도 하지 못했지만 무수한 말은 그의 눈에 이미 담겨 있었다. 그리고 늘 그 끝에 마지막 순간까지도 꼿꼿했던 눈빛들이 있었다. 그 눈빛들은 잠속까지 따라와 나를 흔들어놓고 무어라, 무어라 또 말을 하기 시작했다. 이생에서 이루지 못한 일들 때문에, 하지 못한 말들을 하러 온 것은 아닌지? 그렇게 눈빛이 소용돌이의 한가운데로 나를 불러내놓고 간다.

쓸쓸했던 틈들

결론부터 말하자면 말하기다. 배우가 거울 속의 자신을 보고 혹은 어린아이가 인형을 바라보고 앉아 자신의 생각이나 감정을 담아 이야기하듯 나는 본 것을 들은 것을 나라는 또 한 대상을 꺼내 다시 들려주고 보여준다.

예를 들어 공원에서 작은 기념석 하나를 봤다. 기념석에는 신도시가 개발되면서 조상대대로 일가를 이루고 살아 온 사람이 보상금을 받아 고향을 떠난다는 이야기와 떠나는 마음이 소나무 다섯 그루를 기증한다는 이야기가 씌어 있다. 그리고 기념석 주변에 아직도 잘 자라고 있는 소나무 다섯 그루가 보인다.

나는 글귀를 읽는 동안 그 사람의 전 생애를 이를테면 할아버지 할머니 집안일을 거들어 주던 일꾼들 한가롭게 마당을 오가던 닭들까지를 본다. 그러나 그런 이야기를 누군가에게 이야기하면 사실 아무도 듣지 않는다. 어렸을 때부터 그런 경험들이 많았다. 나한테는 분명한 것들이, 중요한 이야기가 상대에게는 아무것도 아니어서 쓸쓸했던 틈들, 그 틈 사이로 시라는 것이 기어들어 왔고 발이 빠졌던 것이다. 그리하여 유독 어둠이 빨리 내려앉던 광덕산 아래 강의실, 안산 중앙역의 뒤늦은 바람, 혼자 조용히 들끓었던 시간들은 결코 잊을 수 없을 것이다.

귀향

별안간 바람이 내 몸을 햇빛 가득한 광화문으로 민다. 키 큰 사내가 망치를 들고 서 있다. 모든 고정된 것들에 망치를 내려쳐라. 네 머릿속 딱딱한 관념들에 낡은 것들에 망치를! 늘 안에서는 망치를 기다리면서도 망치 든 사내를 통과할 때마다 나는 움츠러든다. 가능한 빨리 통과하려고 의식적으로 발목에 힘을 주곤 한다.

때늦은 〈귀향〉이라니? 포스터 앞에서 나는 60, 70년대를 상상한다. 그때를 소재로 한 안방의 TV문학관이 흑백의 화면으로 떠오른다. 그러나 내 우려는 여지없이 뭉개졌다.

느닷없이 찾아온 사건으로 어린 소녀였던 주인공 라이문다는 아버지의 아이를 갖게 되고 집을 떠난다. 어머니는 왜 딸이 한 마디 말도 없이 집을 떠나야했는지 알지 못했고 까닭을 모른 채 딸과 소원해졌고 시간이 흘러 우여곡절 끝에 모녀는 서로를 이해하게 된다. 불행한 사건은 주인공한테서 끝나지 않고 라이문다의 딸 파울라는 자신을 성추행하려는 의붓아버지를 살해한다.

어린 딸을 위해 스스로가 살인자임을 자처하고 사체를 냉동고에 넣어두고 식당 문을 열어 손님을 받고 번 돈으로 차량을 빌려 남편을 암매장하지만 그녀가 어머니이기 때문에 강한 모성의 실현이기 때문에 영화는 관객들로부터 개연성을 획득한다.

남자들이 저질러 놓은 일들을 받아들이고 수습하며 탄식이나 원망이 아닌 서로 협조하며 살아가는 여자들의 모습에서 건강한 여성성이 느껴졌다. 단순히 몸이 고향이라는 공간으로 돌아가는 것, 분명 그것만이 귀향은 아닐 것이다. 보듬고 치유해야할 상처가 있다면 그 일을 두려워하지 않고 능동적으로 대처해나가는 모성의 굴광성, 남성들의 조력자가 아닌 삶의 주체로 살아가는 여자들의 모습, 그것이 영화를 통해 나름대로 정의해 보는 가장 근원적인 귀향일 것이다.

그렇게 영화 속에서 영화를 통해 충만해지고 어떻게 나만의 눈으로 볼 것인가 어떻게 세계를 이해할 것인가에 대한 질문을, 고요한 가운데 꿈틀거리는 시의 단초들을 마련해 돌아올 때가 많다.

뿌리와 죽음 그리고 꽃들

시를 쓰기 시작하면서 오래전에 떠나왔던 지금은 형체조차 없는 공간으로의 이동이 시작되었다. 옛집의 작두샘, 앵두나무 감나무 뽕나무 배나무, 바람 부는 날이면 슥슥 저희끼리 몸을 부비던 댓이파리들, 지날 때면 대낮에도 오금 저리던 여동생이 빠져죽은 개울물, 중풍으로 오래 앓아누운 외할머니의 앓는 소리들이 들렸다.

형체 없는 그것들에 말 걸기는 사실상 지나온 시간으로 되돌아가기였다. 모두 잊었다고 믿었던 것들이 고스란히 현상되었다. 그 같은 기억들을 일종의 통과의례처럼 더듬고 만지작거렸다. 한번쯤 돌아가서 만나고 울고 웃고 둘러앉아 밥 한 끼라도 먹어야할 것 같은 의식의 몸짓들, 귀향의 시간들이었다.

분명 의도하고 쓴 것은 아닌데 유독 뿌리에 관한 시들이 많다. 〈뿌리의 방〉 〈취미의 유전〉 〈풀의 공법으로〉 같은 시들이 그 예이다. 나는 왜 그토록 뿌리에 집착했을까?

어린 시절을 농촌에서 보냈고 사춘기를 광주라는 도시에서 보냈다. 몇 년은 친척집에서 기숙을 했고 동생과 혹은 혼자 자취 생활을 하기도 했다. 그 생활은 결혼을 할 때까지 계속되었다. 언제나 주체가 아닌 누군가에게 붙어사는 존재였다. 붙어사는 것들에게도 뿌리란 있는 것인가? 느닷없는 질문을 받던 날, 하던 날 별안간 어둠이 밀려왔던 환한 기억을 갖고 있다.

인간은 누구나 자신에게 결핍되어있는 것에 눈길이 가게 되어 있다. 그 뿌리 없는 삶의 시간들이 나로 하여금 뿌리에 대한 방향성으로 이어졌던 것이다. 언제나 뿌리들이 먼저 눈에 들어왔고 뿌리들이 오래 남았다. 그리하여 문득문득 뿌리내리려는 지난한 몸짓들을 들키고 만다.

나무들의 집을 떠나던 날 배웅인 듯 등 뒤 무지개가 떠 있었다. 그 날을 끝으로 세상의 풍경들이 지워졌다. 교정의 백목련이 피는지 지는지 모르는 일이었고 아파트 베란다에 대밭을 만들어놓고 바람 부는 날이면 창문을 활짝 열어두던 사람을 보면 눈을 흘기곤 했었다. 세상의 모든 꽃들에 여백들에 누군가 검은 먹물을 쏟아버렸었다.

가족이라는 테두리 안에서 혹은 너와 나라는 수많은 만남과 관계 속에서 죽음이나 혹은 행, 불행의 사건들 앞에서 보여지는 슬픔이나 기쁨은 참인가? 거짓인가? 혈연으로 맺어진 가족 간의 사랑이라는 것도 과연 믿을 만한 것인지. 서로가 서로를 이용할 뿐이면서 그럴듯한 한낱 관념으로 가장하는 것은 아닌지? 이 모든 관계들이 어쩌면 거품놀이에 불과할지도 모른다는 생각 속에서 살았다. 누군가의 무덤 앞에서 흘리는 눈물도 어쩌면 관객을 위한 준비된 눈물은 아닌지 의심하기에 이르렀다.

그런데 무슨 일일까? 혈연관계로 맺어진 가족관계에 그토록 냉소적이었건만 떠나간 이들의 유품을 정리하면서 보이지 않던 풍경들이 눈에 들어오기 시작했다. 특히 베란다의 치자향이 소문처럼 분분한 밤 벚꽃들이 누군가가 남기고 간 견딜 수 없는 냄새들이 오래 남았다. 꽃들도 찬란하게 피어있는 꽃들이 아닌 처절하게 지는 꽃들

이 보이기 시작했다. 〈치자꽃 향기〉〈동백꽃이 질 때면〉
〈철쭉〉〈벚꽃이 필 때〉 같은 시들이 그즈음에 씌어졌다.

　나를 스쳐간 죽음들은 모두 현존하는 존재들이다. 돌
아가신 아버지의 식성이 버젓이 식탁에 오르고 생전에
오빠와 나누었던 이야기들이 여전히 삶 속에서 나를 간
섭하고 지탱하고 발전시킨다. 오히려 부재가 나를 그들
에게 밀착시킨다. 그래서 상실의 고통이나 슬픔 같은 감
정들로부터 저만치 떨어져 눈앞에 펼쳐진 상황을 종종
사물로 인식하고 있는 나를 발견한다. 굳이 말하자면 그
곳이 내 시의 발화 지점이다.

　얼마 전 해변에 시위하듯이 자살한 범고래들의 즐비한
주검을 봤다. 고래는 병들어 죽음이 가까워지면, 더 이상
희망이 존재하지 않을 때, 뭍으로 나와 자살을 한다는데
별안간 말문이 막혔다. 과연 고래는 언제부터 죽음을, 또
다른 삶을 준비했을까?